O Espaço Mágico que Acalma

Jane Nelsen

Ilustrações de Bill Schorr

Tradução de Bete P. Rodrigues e Fernanda Lee

manole
editora

TUM!

A porta dos fundos se abriu, e Tom entrou
rapidamente com uma cara mal-humorada.

"Oi, Tom."

Tom fechou a porta o mais forte que pôde.

CRASH!

"Posso ver que você está muito chateado. Você quer conversar sobre isso?"

"Não!", Tom gritou, enquanto chutava a mesa da cozinha.

"Aaai!", ele gritou.

Por fim, Tom correu para os braços de sua mãe e chorou e chorou enquanto ela o abraçava.

Tom parou logo de chorar e fez duas respirações profundas do jeito que a mãe o ensinou.

Tom contou para a mãe como ele tropeçou e quebrou a tigela de argila que tinha feito para o aniversário do papai.

"Eu sinto muito, Tom. Você estava tão orgulhoso daquela tigela. Você deve estar muito triste por tê-la quebrado."

"Eu estou triste. E bravo."

"Tudo bem se sentir triste e ficar bravo. Mas não é legal machucar a si mesmo ou a mesa. Você se lembrou de respirar fundo. O que mais você pode fazer para se acalmar quando estiver chateado?"

"Eu não sei", disse Tom com uma voz triste.

"Eu tenho uma ideia. Quer saber qual é?"

"Está bem", Tom disse. Mamãe geralmente tem boas ideias.

"Se você pudesse criar um lugar especial para te ajudar a se acalmar, como seria esse lugar?"

Tom fechou os olhos e pensou e pensou.

"Já sei!", ele disse em voz alta.

"*O espaço sideral!*"

"Ele seria escuro e teria muitas estrelas brilhantes. E grandes planetas coloridos. E uma nave espacial gigante para eu pilotar."

"Parece uma ótima ideia. E qual será o nome desse seu lugar especial?"

"Será o espaço mágico do Tom, porque será como o espaço sideral e vai ajudar a me acalmar."

"Tá bom", disse a mãe. "Vamos achar um lugar no seu quarto onde você pode criar seu espaço mágico."

Tom apontou para o canto do seu quarto, e eles acharam tudo o que precisavam para criar o espaço mágico dele.

A mãe pintou a parede de preto.

Tom recortou as estrelas para colar na parede.

Eles coloriram bolas de isopor e as penduraram no teto, imitando os planetas.

Por fim, Tom pintou uma caixa para ela ficar igual a uma nave espacial e entrou nela com um sorriso em seu rosto.

A mãe perguntou: "Como você está se sentindo no seu espaço mágico?"

Tom respondeu: "Eu me sinto feliz aqui."

A mãe sorriu e disse: "Agora você está pronto para criar um novo presente de aniversário para o papai?"

Algumas horas depois...

"GRRRRRR!"

Tom estava com raiva.

Ele sentiu seu rosto ficar quente, seus dentes travarem e seu coração acelerar. Ele queria jogar as tintas no chão e rasgar o seu desenho.

Então ele se lembrou do seu espaço mágico para se acalmar e correu para o seu quarto o mais rápido que pôde.

Ele se sentou embaixo das estrelas e planetas.

Tom esqueceu que estava em seu quarto.

E logo pensou: "Meu rosto não está mais tão quente. Meu coração não está tão acelerado."

Tom percebeu que sua raiva foi pouco a pouco para o espaço. Ele estava se acalmando.

Tom estava tão animado: "Mamãe! Mamãe! Meu espaço mágico que acalma realmente funciona!"

"Estou vendo que sim", disse a mãe. "Agora você sabe como cuidar de si mesmo quando ficar bravo ou estiver chateado."

"Sim", disse Tom. "E agora eu sei o que fazer para o aniversário do papai."

"O quê?", perguntou a mãe.

"*Seu próprio espaço mágico que acalma.*"

Observações de Jane Nelsen

Este livro ilustra muitas ferramentas parentais da **Disciplina Positiva**:

1. A mãe convidou Tom para compartilhar o que aconteceu, mas reconheceu que ele precisava de algum tempo para se acalmar antes que pudesse falar. (Perguntas curiosas e espera por uma hora mais calma.)

2. Ela ofereceu um abraço reconfortante. (Conexão antes da correção.)

3. A mãe validou os sentimentos de Tom em vez de dizer que ele não deveria se sentir daquele jeito.

4. A mãe fez Tom entender que os sentimentos são sempre válidos, mas o que ele faz nem sempre é válido. (Não vale machucar a si mesmo ou a mesa.)

5. A mãe pergunta primeiro a Tom se ele tem ideias para resolver o problema. Quando ele não consegue pensar em alguma coisa, ela pergunta se ele gostaria de ouvir a ideia dela. (Perguntas curiosas.)

6. A mãe envolve Tom ao fazer perguntas que o convidam a pensar e a compartilhar as ideias dele.

7. A mãe está ensinando Tom sobre a autorregulação. Pausa positiva é um método bem diferente do cantinho do castigo. O propósito da pausa positiva é ajudar a criança a "sentir-se" melhor (acalmar-se) para que ela possa "agir" melhor. De onde tiramos a ideia absurda de que, para as crianças AGIREM melhor, primeiro temos que fazê-las SE SENTIREM pior? Castigo faz as crianças se sentirem mal.

8. A mãe sabe o quanto é importante envolver Tom ao criar o espaço da pausa positiva, para que ele tenha "posse" – novamente ajudando-o a se sentir capaz.

9. A mãe ajuda Tom a aprender sobre seus sentimentos e sobre seus sinais corporais.

10. A mãe não manda Tom fazer uma pausa positiva. Ela o ajuda a aprender autocontrole e autodisciplina – passos importantes para convidá-lo a desenvolver a crença do quão capaz ele é.

11. Esta história ilustra a importância de "conexão antes da correção" e "foco em soluções."

12. A pausa positiva não precisa ser tão elaborada. A maioria dos pais não quer pintar as paredes de preto. No entanto, é importante que as crianças estejam envolvidas em criar o próprio espaço para se acalmar. Pode ser simples: utilizar alguns travesseiros, bichos de pelúcia e uma música suave – o que a criança escolher.

13. É importante que a criança escolha um nome para o seu lugar especial, para assumir a posse do espaço. Algumas crianças nomearam de "lugar para esfriar a cabeça", "lugar especial", "lugar para se sentir bem", "Havaí" ou até mesmo "brilhos".

14. Não se esqueça de ser o modelo de como usar a pausa positiva. "Estou chateada e preciso passar algum tempo no meu lugar especial até eu me sentir melhor."

Sobre a autora:

Jane Nelsen é autora e coautora de vinte livros (com milhões de cópias vendidas), incluindo a série *bestseller* internacional Disciplina Positiva. Ela é mãe de 7 filhos, avó de 22 netos e 14 bisnetos – até o momento. Recentemente celebrou o 41º aniversário de casamento com seu marido Barry.
Ela é uma prestigiada terapeuta infantil e de famílias da Califórnia, EUA, doutora em Educação, palestrante, professora e conselheira educacional. Jane foi diversas vezes convidada a participar de programas de TV de grande audiência nos EUA, como o de Oprah Winfrey, e seu trabalho é constantemente divulgado nas principais revistas especializadas na criação de filhos.

Sobre o ilustrador:

Bill Schorr é um cartunista cômico e político conhecido internacionalmente. Suas ilustrações premiadas têm aparecido em centenas de jornais e publicações pelo mundo todo. Ele mora no sul da Califórnia, próximo a três dos seus cinco amados netos.

Título original em inglês: *Jared's Cool-Out Space, 2nd edition*

Publicado mediante acordo com Empowering People, Inc.

Esta publicação contempla as regras do Novo Acordo Ortográfico da Língua Portuguesa.

Editora-gestora: Sônia Midori Fujiyoshi
Produção editorial: Cláudia Lahr Tetzlaff

Tradução:

Bete P. Rodrigues – Treinadora certificada em Disciplina Positiva para pais, membro da Positive Discipline Association, mestre em Linguística Aplicada (Lael-Puc/SP), palestrante e consultora para pais, escolas e empresas; professora da Cogeae-Puc/SP e *coach* para pais
www.beteprodrigues.com.br

Fernanda Lee – Mestre em Educação, treinadora certificada em Disciplina Positiva para pais e professores, membro e conselheira internacional do corpo diretivo da Positive Discipline Association, fundadora da Disciplina Positiva no Brasil
www.disciplinapositiva.com.br | www.facebook.com/disciplinapositivaoficial

Ilustrações (capa e interior): Bill Schorr
Adaptação da capa: Depto. de arte da Editora Manole

CIP-BRASIL. CATALOGAÇÃO NA PUBLICAÇÃO
SINDICATO NACIONAL DOS EDITORES DE LIVROS, RJ

N348e

Nelsen, Jane
    O espaço mágico que acalma / Jane Nelsen ; ilustração Bill
Schorr ; [tradução Bete P. Rodrigues, Fernanda Lee]. - [2. ed.]. - Santana de Parnaíba
[SP] : Manole, 2020.
    36 p. : il. ; 28 cm.

    Tradução de: Jared's cool-out space
    ISBN 9788520461228

    1. Disciplina Positiva - Literatura infantojuvenil. 2. Disciplina escolar - Literatura infantojuvenil. 3. Literatura infantojuvenil americana. I. Schorr, Bill. II. Rodrigues, Bete P. III. Lee, Fernanda. IV. Título.

19-59333   CDD: 808.899282
                   CDU: 82-93(73)

Meri Gleice Rodrigues de Souza - Bibliotecária - CRB-7/6439

Edição brasileira – 2020

Direitos em língua portuguesa adquiridos pela:
Editora Manole Ltda.
Alameda América, 876 – Tamboré – Santana de Parnaíba – SP – Brasil – CEP: 06543-315
Fone: (11) 4196-6000 | www.manole.com.br | https://atendimento.manole.com.br
Impresso no Brasil | *Printed in Brazil*